有一棵树是我种下

金朝◎著

安徽师范大学出版社
ANHUI NORMAL UNIVERSITY PRESS
·芜湖·

图书在版编目(CIP)数据

有一棵树是我种下 / 金朝著. — 芜湖：安徽师范大学出版社，2020.4
ISBN 978-7-5676-4486-1

Ⅰ. ①有… Ⅱ. ①金… Ⅲ. ①诗集 - 中国 - 当代 Ⅳ. ①I227

中国版本图书馆CIP数据核字(2019)第293369号

有一棵树是我种下
YOU YIKE SHU SHI WO ZHONGXIA

金　朝◎著

责任编辑：陈　艳　　责任校对：吴　琼
装帧设计：丁奕奕　　责任印制：桑国磊
出版发行：安徽师范大学出版社
芜湖市九华南路189号安徽师范大学花津校区　邮政编码：241002
网　　址：http://www.ahnupress.com
发 行 部：0553-3883578　5910327　5910310(传真)
印　　刷：江苏凤凰数码印务有限公司
版　　次：2020年4月第1版
印　　次：2020年4月第1次印刷
开　　本：700 mm × 1000 mm　1/16
印　　张：11.5
字　　数：137千字
书　　号：ISBN 978-7-5676-4486-1
定　　价：46.00元

/ 序

月光洒在慈悲的出路上

我不是个会说话的人，常有无从表达的想法，好像竭尽全力都无法言说，喜怒哀乐亦无法与人倾诉。文字，尤其是诗歌，于我而言，是条慈悲的出路。

最初开始写字，觉得自己是在被黑暗笼罩的芸芸众生里的一员，有时会被些莫名的东西击中，那种感动也好叹息也罢，并不是我侧身一下子抱住身边的人或者流泪鼓掌就能传递出去的。如果不在纸上尽我所能缓缓道来，总觉得对所经历的有了亏欠，越是拖延越是不得安宁。于是用近乎无知的不自觉，开开心心地端出也许火候不到的菜肴，或许只是一段琐碎的心情或冒失的感悟，可很多时候，真的太期待有那么一个灵魂能因为相似的捕捉而与我在这苍茫的途中相遇。

而诗歌，它区别于所有我知道的人类学科，实时的思想和感受，无法过多停留，是非系统的，接受分享不接受总结的思想载体。对气味对声音对衰老对时间对宇宙，有太多无从解释无从追究，只有诗歌足够包容，咏叹文明批判时代，记录一个转角拾起一枚贝壳，模糊的光影里是令人心折的璀璨联想。在不确切的甚至完全挣脱形式和逻辑的表述里，诗歌允许跳脱自在肆意穿梭，允许暂时放下逻辑和理智，在俯仰之间写自己想说的话，不伟大，也不虚假。任何人都能写诗，文人雅客写文人雅客的，摸爬滚打写摸爬滚打的，漂泊流浪写漂泊流浪的，附庸风雅写附庸风雅的。诗歌是人类共有的一条安静流淌的长河，无私地给予世人甘甜与慰藉。

写战争和写一只猫并没有孰轻孰重，匡正时代和种一棵树都令人尊敬。民间无名的吟游者与名垂青史的思想者一样可爱，他们都提供美和记忆为后人陶醉追索。被人们铭记传颂和身后半字未留，这二者的实质并没有任何不同。鸟飞过，天空会留下痕迹，但这痕迹迟早都要消失的。

前几年一个夏日夜晚无心睡眠，躺在窗边，屋后是绛红色的庙宇和连绵不绝的群山。在一个山头上，有人在月下迎风而立，衣袂宽大飘飘似舞非舞，好像发现我的注视轻轻颔首，我和他对视直到睡去。等天光大亮所有东西轮廓分明，那一处立着似树似石的东西，远远望过去，依旧看不真切，仅当是半夜发的奇梦了，只是情节分外清晰，像是真的发生过。这样的无法倾谈的“梦境”，往往只能以另一种形式被文字定格封存。

年少初来乍到，曾言之凿凿：人生一盘沙，为了拼凑完整必须奔赴心中的天涯。如今，奔赴了天涯，却觉得人又成了一盘散沙，留下了处处撕扯与牵挂。真的一直都很庆幸有文字的存在，它实在是人类最神奇的发明，不拘泥于时空。于现在可观过去，于未来可望现在，让过去照进未来，让累累的负重得以卸下。但，这恰恰也是最深切的悲哀，作者永远只是卑微的发现者、记录者和整理者，允许一切臆想创造和猜测，之后却无法重返其中或亲身经历。恍恍惚惚地在地球上航行了二十多个年头，深夜整理芜杂的稿件，林林总总，加起来横跨十余年的青春，在此间懂得了世故也更加珍惜天真，回望过去太多心意再难重现。每一笔，回头看都是近乎灾难的书写和告别。

曾听一位老诗人说，诗歌便是一场“因指见月”的过程。当时不甚理解，后来回味才明白几分，观者借由作者的手指得以瞥见那一轮明月，至于明暗美丑则是人各有思量。文字是无比神奇的发明，却终究只是人类思想满溢之下的承载容器；诗歌是最为慈悲的出路，也终究只是心中的月光照到了纸上。

有些月光注定照不到别人心里，明亮的只是自己。在慈悲的出路上卑微前行，有时候会想挺挺胸抖抖身后的翅膀，看灰尘扬起来，再在剔透的阳光里一点点落下。

目录

·人间下了一夜雪·

〇〇三 // 月光泼地如水

〇〇四 // 错过的山茶花

〇〇五 // 回　家

〇〇六 // 等你出现是我的事

〇〇七 // 她走过

〇〇八 // 猫的童年

〇一〇 // 组诗:秦岭

〇一四 // 花叶未名

〇一五 // 云中长调

〇一六 // 给孩子一个故乡

〇一七 // 九点有一场红高粱

〇一九 // 马蹄莲的执念

〇二〇 // 绿色的童话

〇二二 // 爱与尘沙

〇二三 // 小花狗

〇二五 // 竹 席
〇二六 // 有你的灯火才倾城
〇二八 // 和阳光一起倾泻

·泛若不系之舟·

〇三一 // 纳木错的风都停了
〇三三 // 断臂音乐家
〇三四 // 花的旅行
〇三五 // 蓝色松塔
〇三六 // 落在山风里
〇三八 // 海上的月
〇三九 // 几场雨，就要换一棵树栖息
〇四〇 // 二号车厢
〇四二 // 最后的鸡蛋花
〇四三 // 一万次坠落
〇四六 // 海 子
〇四八 // 过往成诗
〇四九 // 不曾停歇今生这一场流浪
〇五一 // 这一日，云疏天淡
〇五三 // 列车奇遇记·锁不住的时空
〇五五 // 列车奇遇记·鲤
〇五八 // 小城人 Ⅰ
〇六〇 // 小城人 Ⅱ

·停在叶片上的半个灵魂·

〇六五　//　星子走了很多年

〇六六　//　平　庸

〇六七　//　最后的佛头

〇六九　//　看戏的人与太史公

〇七一　//　有一棵树是我种下

〇七三　//　重逢旧南阁子

〇七五　//　汉时花

〇七七　//　是星辰也点缀不了的灰白

〇七八　//　行　禅

〇八〇　//　爬满忧愁的城市

〇八二　//　孩子的时代

〇八三　//　云的原谅

〇八四　//　青　蛇

〇八六　//　摇篮与棺椁

〇八七　//　海龟先生

〇八八　//　撕扯桌布的孩子

〇八九　//　冷　星

〇九〇　//　驯服寂寞

·通向太阳的路上·

〇九三 // 苍穹深处
〇九四 // 靴子里的光年
〇九五 // 通向太阳的路上
〇九六 // 太子湾的婚礼
〇九八 // 记一个岸
一〇〇 // 晚风变暖的季节
一〇一 // 建房子
一〇二 // 曾以为黎明无法到来
一〇四 // 盛夏有何意
一〇五 // 九月胶片
一〇六 // 雨中的蚯蚓
一〇七 // 中　医
一〇八 // 灯火孤独
一〇九 // 局　外
一一〇 // 鸟雀独行
一一一 // 不见少年
一一二 // 深　秋
一一三 // 黎明的离别
一一四 // 方　寸

·背脊里有一棵胡杨·

一一九　//　西风将老马吹瘦了

一二〇　//　凌晨的雨

一二一　//　不必属于我

一二二　//　黑暗谋杀了孤独

一二四　//　种子的午后

一二五　//　海之鲤

一二六　//　烧　纸

一二七　//　果　实

一二八　//　休克的苹果

一二九　//　小　岛

一三一　//　下雨了

一三二　//　尘　埃

一三三　//　等

一三四　//　背脊里有一棵胡杨

一三五　//　莲花与白骨

一三六　//　雾

一三七　//　纵使爱只是亿万次空掷

一三八　//　有些故事这一世讲不够

一三九　//　灵　堂

·我看流水都像你·

一四三　//　不舍离去的人间
一四四　//　高　架
一四五　//　同学会和雪梨
一四七　//　致弘一:西湖的烟雨自来去
一四九　//　我看流水都像你
一五一　//　从此,把自己封存在时间的海底
一五三　//　煮　面
一五五　//　爱的软肋
一五六　//　床下的小人儿
一五八　//　子时月色
一五九　//　呼吸,是爱的另外一个名字
一六一　//　墓碑上的夕颜花
一六三　//　别样心动
一六四　//　一本书
一六五　//　造物忧伤
一六六　//　我梦见老去
一六八　//　爱是很多很多一起
一六九　//　山丘那边

01

人间下了一夜雪

她走过
定然有冽冽的温度和香气
像是天际的鸟翼　无言的泉底

月光泼地如水

月亮升起　夜幕深紫
纯净至圣洁至毫无斑驳
我们抱着彼此从山顶一起滚下
饮罢三巡的酒浴雪而立
山脚漫步的人仰起头流连忘返

月光泼地如水
映在我们脸颊上
风里寻常看花草人间
于生死的悬崖边吟诗作赋

月色渐淡
映安坐的万古河山
屈身接过文明的火种
编织起后半生的一场大梦
天地长久　一枕黑甜

错过的山茶花

每个人心底都有一株
最诚恳最完美的山茶花，
有一片最想和
爱的人分享的桃花源。
错过是永远的未完成事件，
我们会为它杜撰一万种
美妙的可能结局，
于是之后的结局都会抵不过
那一次错过。

青春是乍现的昙花，
在世人惊艳的眼光里
迅速凋谢。

回 家

晚霞被收回进宝匣
孩童将笑语串作的珠玉扔入一汪春水
嬉闹着冲回家
纤弱的月里传来玉兔的歌声
悠扬过静谧的田野池塘和车辙
孩子们御着自由的风不断加快步伐

炊烟被东风吹出欢乐的形状
天地间小小的甜美的一隅
撞进他们明澈的双眸　大大的心怀
大地黑沉　妈妈张开的臂弯处
是点着明灯的家

等你出现是我的事

阴天时候拒绝下雨
即使雨是上天的恩赐
更怜惜被淋湿的红裙子
下雨是天空的事
等你出现是我的事

她走过

她唇线模糊并不很美
我见了她的眼神
专注地看着远处的土地
专注而陶醉不已
山青色在那眼底，云雾迷离
似在等遥不可及的春
又似忧虑未来的迟缓

想开了一般　唇线弯弯
于是
我的嘴角也绽一朵花儿来
婷婷袅袅　她走过
定然有冽冽的温度和香气
像是天际的鸟翼　无言的泉底

猫的童年

院子里
喧嚣还在
石阶上
毯般的青苔
油绿是夏日午后最舒适的阴凉

一壶烧开的水呜噜噜唱着
母亲的身影蒙上月光

一层雪覆在灯笼上
红艳艳的福字从地里长了出来
外婆在门前大声唤我回家
热腾腾的香气
凝成探出墙头的寒梅

我跑进院子
突然看见　角落里有一副骸骨
形状像极

和外婆一起　晒太阳的
那只猫咪

组诗：秦岭

长　歌

深入秦岭腹地
为看一眼云外的星河
石涧流淌着梦寐相求的
彼岸之水，泅渡
七千年难解的长歌

将每个洞窟
都作为最圆满的
故事来读，四季的风走过
山巅落一座座，蒲公英轮回的墓

史前史

苍老的手，慢慢拾起斑驳的石
儿时亲手将巨大的它推下山崖
大雪洋洋洒洒，记忆散乱
曾逃难至此，避世后，岁月不知

磨断的山杖堆满东方
等过的那颗星
在某日破晓之前，永远失去光亮
所有陨落，已是史前之史
一切寻觅，注定方外定格
枯朽的木桥，仍要承托生命一味试探
疲惫的眸直到耐心倾覆

火　种

把天降的火种吞进肚子
划过唇齿划过咽喉，胃从此破了漏风的洞
欲加诸的所有痛，脱落成寸草不生的峭壁
依旧用骄傲站成冲开坚岩的青松
沉沉浮浮地经过，流水改道无常

北方城池苍茫的呐喊，日复一日，终于
缕缕飘向南方的繁花街巷

求　索

马蹄和芒鞋求索出羊肠小路
丝绸　象牙　龟板　战火阻绝
荒草下溢出不可辨别的神秘茶香
淤血在指尖汇成枯萎的黑暗，无人问津的
坟茔点点　风化，空碑
哀伤的眼睛企图望断八百里的残酷
收回，颔首，用力绑好行囊
然后挺直背脊
夜色冰凉

人间诗歌

雷电肆然劈开断代的历史
老妪一次次回归婴孩
九州之险，是大地华服的褶皱
滚滚层林，是时空默许的涟漪
永远刺目崎岖震撼，永远无法

乖顺完整，像一袭纱衣

沥青封住山腰的呼吸，坦途，寸寸向前
发动机遮掩住蛙鸣和水声，穿山甲迷茫
不知去向

偷偷朝水中放生欲望和心魔
暗自祈祷神明降下更多的庇佑与成全
版图两端不日抵达
易得的　变调的　人间诗歌

布　衣

隐于山林的布衣
在云海中尝试断食、读经、冥想
昨夜的梦境是无比清晰的暗示
或许　苍生被妥善放进心底
求索，智慧，解脱，成佛

花叶未名

花叶的风华，获取自
生命深刻的轮转
初盛时便已然感应
终要看淡零落的虚无

云中长调

炊烟是草原之上最绵长高亢的呼唤
畅饮深处　飘起整个冬季的漫漫大雪
战栗贯穿着牲畜与人的必然相依
唱给自己——荒寂的呜咽
也给云　给天地

浓郁的长调沉落在孤独的夕阳里
带走白日对生命真相惊鸿一瞥的不忍
来到　离去　来到　离去
马嘶声传来　洪亮的歌声相和
终究抖不散日复一日的离索
火光　也不是尽头

给孩子一个故乡

爷爷在我出生时
曾种下一棵海棠
多年后我的心底有了故乡
是广袤土地上一棵树下的阴凉
爷爷拉着我的手
他眉目舒展时
稻子灌了饱满的浆
印刻进血脉里的
除了风声和节气
还有手心里带着温度的
一方故乡

是山野枯荣的秘密
是生活琐碎的啮咬
是自然丰盈的礼物
是一朵云路过
与我心意相通的海棠

九点有一场红高粱

接近你的路　势必曲折　势必坚定
有时　一朵花也是答案
在杀戮啊死亡啊这些面前从未低头
却在可能的余生前傻傻地示弱了

我选择某一站下车
不是对终点不再期待
而是这一处风景更需要我的关心
海浪激起一万点光
引渡着所有失去尽头的航行
疼痛是天地予我仅剩的心安
逝去的一切　这样也好那样也罢

我准备在一个雪天出门啦
站到合适的苍穹底下爱另一个人
在冻僵之前　还没能爱上自己
一生会见几次落雪呢
又有几枚会落在肩头

我的壳真重啊
重得一旦仰面舒服地躺下
再不能直行在平地
我还是选择躺下
望向天空
放弃了思考　放弃了站起
草莓上有一只没有壳的蜗牛
似乎很不安　我把草莓和壳都留给它
可怜它在这里也买不起房子

习惯离开在早晨
悄悄告别在深夜
那片你夹在书里的花瓣
多年后掉在地上
又被我夹回书里

回去的路上下着雪
一对老夫妻过来问路
他们赶着去看晚上九点的红高粱

马蹄莲的执念

放下一段执念，
雨季泥泞却如此必要
跌落人间，劈山　开谷
散着湿漉漉的长发
等风吹来，在此刻　在当下
马蹄莲　趔趄在行道边
美的断不会是为那名利场
一时春色无边

爱与尘沙

深沉的梦吧
梦里人影幢幢
甜蜜的爱人　不必急着苏醒
过往的尘沙渐渐平息
意在毁灭世界的风
也终于安静

小花狗

一只小花狗穿过街道
穿过小巷　穿过公园
去见另一只小花狗
它们在草地上追逐
抱着对方滚下小山坡
身上沾满草叶和花粉
开心地打了好几个喷嚏
泥巴地软软的
它们蹦跳着　觉得是巧克力棉花糖
没有人照顾这件事
好像也不那么让它们难过了

路口有个少女　怀里睡着
一只雪团般的小白狗
它一定睡得很香　它一定在做香甜的梦
两只小花狗暗想
看了看彼此的样子
同时背过身去

突然有些不想玩了

希望

快点下一场雨　重新变得干净漂亮

竹　席

曾在无数夜里辨别一种香气
一觉醒来
太阳已经无数次升起

妈妈的扇　在星空里轻摇
从不知名的夏
一下 一下
到了不期的冬季

又一夜上了三道锁
躺到陌生的方寸之地
伴着门外的鼾声
扇叶的风
股股　带着香气
吹出眼底久旱的雨

我从不知道自己
如此怀念
这身下的竹席

有你的灯火才倾城

山巅风
城间灯
足下青青草
星汉梦

玉宇琼楼倚歌
夜婉转
衣裳动心魄
风流堪堪浅尝
明珠舞罢还彻

奈何
君不至
不见灯火

飞檐欲语
白桥尤说
裙裾九阶漫没
霜露层落

君不至
眼前无灯火

湖色潋滟画常作
腕流连
心事客

君不至
俯仰倾城无灯火

和阳光一起倾泻

离群索居的你我
和阳光一起倾泻
流淌在黄昏里
以一个喜欢的舒服的姿势
漠然　慵懒　肆意
看着彼此　仿佛从未见过
仿佛从未分离
眼眸里交织着白昼与黑夜
漂泊而来　漂泊而去
一直沉默不语

02

泛若不系之舟

过往种种　皆成深沉浪漫的诗

过往的人　皆是遗留在夜空里的星子

纳木错的风都停了

藏犬卧在路边，闻声
微微掀动眼皮，化在日光里的
赤黄色太妃糖，
它们轻松读懂来往的人烟。

山脉在蓝色湖水中
注视飞鸟的羽翼，它能
一眼找到自己爱的那只
同万年前　一般羞赧。

牦牛身披哈达和彩缎
眼神里包容着雪山　麦芒　冻土
和无数种笑颜，似乎
一座座温柔的雕像，
风声也静谧庄严。

紫色的花豆蔻大
盛着细小露珠连绵绽放，
碎钻　将原野点亮，
山同水清。

万顷天光敲响大朵大朵的白云，
风和行者一同停下来。
偶尔
有一匹棕色小马
打着响鼻　哒哒经过。

断臂音乐家

安塔利亚的老城沉睡在日光里
大海边　断臂音乐家
拉着手风琴朝我颔首微笑
我捏着口袋里的几枚硬币竟有些紧张
满身枷锁踌躇不前
久久凝视明媚的阳光下空旷的琴盒
海的壮阔在这微笑前略显单薄

沉重的尘埃终于被琴声拂落
异国他乡的陌生公园
不甚熟悉的探戈舞曲
洋洋洒洒　洋洋　洒洒
像是可以包容一个人一生
犯下的所有的错误

花的旅行

花叹了气
让世界从黑暗中苏醒过来
轻轻敲开紧闭的心扉
催生着巨大的能量
时而暴躁，时而平静
它们肆意不羁，任凭心情
来释放关于美的哲理
这么美，美得几乎可以运转整个宇宙
如同心性高傲的旅人
在寂寞的高空一遍遍俯视大地
展开臂膀渲染天际，再降落一片彩云
也匍匐在泥土里
咀嚼人类苦涩的恶和永恒的记忆
与世间的贫瘠或繁盛赤裸相见
愿每一粒花粉都受到应有的礼遇
它们兴奋地远行，投入一个个怀抱
努力敲开一扇又一扇门
但我知道，它们大部分都牺牲在
泥潭　路边　和　喷嚏里

蓝色松塔

窗外　康布麻曲河响了彻夜
乃堆拉山巅一灯如豆
因崎岖的小路屡次折返

将珍藏的哈达悬挂哨所和神山
昨日的蓝色松塔落到了地上
一只手　将它们认真拾起
在分界上　摆成令人敬畏的轮廓
山腰　宿着村庄和庙宇

河水响彻黑夜
邮筒里的信件被涂满月光
何日飞越茫茫高原　吻爱人入眠

落在山风里

呓语，落在山风里
是曾经跌宕的大悲大喜
蒸发后的袅袅余温
向着朗阔长空　猛烈突围

落在山风里的灰烬
是岁月收割果实历经的磨砺
匍匐在黝黑土地上的孱弱秸秆
遥看一轮明月　皑皑大雪

少年，落在山风里
期待林野转角处跃出一头骄傲的麋鹿
清澈的眸　神秘道别
霓虹渐次亮起　剪影急切而锋利

落在山风里的梦境
天涯路远　料不完一生的崎岖
破晓将深夜追忆
星光散落在凌乱疾驰的列车里

还是要高歌吧　高歌吧
不唱永世太平　昨日楼宇
落在山风里的歌声
会找到呓语变幻的云朵
待积攒一场暴雨　冲刷掉这身泥泞
和煦　蜿蜒而过的足迹

海上的月

蘸了海水的月爬上山腰
甜而俏
湿漉漉的模样
是上弯的睫毛

路过的银河
在细沙里垂眸笑
今夜的裙
开在明早的枝梢

咸咸的星
一盏盏问着好
吐个舌头
天亮了

几场雨，就要换一棵树栖息

优雅地站在树冠上
大地向后退去

几场雨
就要换一棵树栖息

那原来的　枝桠舒展
一如往昔翠绿

叶子上不曾留下谁的名字
隐约　停着一个天使般的婴孩
和几行局促模糊的诗句

二号车厢

二号车厢有两个孩子

18座的
包裹在暖红绒毯中
启合着小小的眼
毫无掩饰地好奇一切
独享着年轻父母的初见情怀

14座的
穿着绿黑连帽夹袄
深皱着短黑的眉
故作愤世嫉俗
又那般羞于表达
折磨着全世界的逗弄与陪伴

流动的傍晚　华丽得有些吓人
点亮一盏盏旅人疲惫的心

将嘴角飞扬的开关轻触
泡沫似的“啵啵”炸破

彩虹轨迹延伸
划过天际
隔壁终是放下了手中发光的武功秘籍
对面暗自长吁了一大口气

红小毯睡着了
故事还那么长
明日再继续

绿夹衣玩着折纸帆船
哭声渐低
向来时路驶去

旅人抱着臂
枕进洋溢奶香的梦里

二号车厢
这次　全部是孩子

夜深了

最后的鸡蛋花

那天楼下落了一地鸡蛋花
淡淡的黄　柔软的白
拽着裙角　如何都不放开

或许　之前也有过相似的场景
我有点想不起来
毕竟　千万次经过和最后一次经过
总归是不同的

我想捡一朵放进行李
却知道　这香是留不住
有些念想
欲盖弥彰

一万次坠落

设想一万次坠落
每次抵达　都是偏得

第一千次
在波罗的海上坠落
冲开海鸥白鸽
浪花里　王子发梢闪烁
夕阳古堡　提琴搭弦
海底沉睡的巨轮鸣笛
圆舞一如往昔

第三千六百次
在阿尔卑斯坠落
选一条山脉做来生的骨骼
那　有宫殿一座
有冰雪成说
依旧日升月落　莲花似火

第五千次

在白桦林间坠落
留一处温度记前世的分隔
纤纤素手合力举托
落叶松软　用初冬将深秋眺望
肩胛烘热
余光　是情人背影
日光斑斑驳驳

第六千七百次
在嬉闹人群里坠落
狂欢不落片刻
耀眼的　是灿烂的贝齿
晶亮的眸色
参与　既然经过
有篝火当醉
有梵音当和

第九千一百次
在沙漠中心坠落
文明不堪触摸

细沙　白骨　脚印　车辙
握一颗猫眼石在心口
倾听预言者与天契阔

设想一万次坠落
每次坠落
都散着发　睁着眼
都吹着风　哼着歌

天真的繁星　热情的岩浆
神秘的黑洞　陆离的时空
如酒　在琥珀中清醒
似雾　在天光里重生
将大千世界一时翻看
偷听造物者絮语低说

设想一万次坠落
比一万次　更多
于是
每次抵达都是偏得

海　子

圣歌响起
飘荡在纳海木错
湖水澄澈
倒映出转世的活佛

日月住空
星河欲坠
格桑摇曳
莲花着水

珍珠散落崇山
玛尼堆伴经石板
幡儿猎猎传出天籁

放下背篓
俯身而拜
祝福了盛夏
温润了流云
亲吻了思念的亲人

感动了须臾乍放的青春

红袍一角拂过青草
掬一捧水
遇见大千广袤

为苍生点亮的酥油灯
在纳海圣湖脚下悠悠晃晃
海子，海子
孩子开心拍手
海子的心
——将海子永恒守候

每朵花
都开在时间的无涯
教生命的奥绪
灵魂的微纤
在静默中蕴伏
在荒芜中觉悟

过往成诗

凤凰花开夹荫
似霞的是你晕红的面颊
海风拂下千树万树的花瓣
是花雨中殷殷的浅浅的梦境
最后一朵　在夜晚偷偷跌落
像一颗星子在深色幕布中无声划过
过往种种　皆成深沉浪漫的诗
过往的人　皆是遗留在夜空里的星子

不曾停歇今生这一场流浪

旷野低树
爬升眨着眼的零点灯火
听见麦田浴着阳光
在天际歌唱

歌词简单
——你说你要离开
我只好在这里等待
但愿亲爱的你平安回来

闪亮的河道
晶莹的屋顶
蜿蜒的铁轨
猜不透的光影
尚在酣睡的梦
平流层外星河斑斓
没人再可以告诉你
云与天有多近
窗外的世界又是如何遥远

我们就一直那样
向宇宙深处漂泊
不曾停歇今生这一场流浪

有小丑在翅膀上咧嘴微笑
热茶在杂志扉页驻足
彩虹小姐悄然搭好去巨人国的桥
水汽升腾
渐渐氤氲了来路
气流带起颠簸
颠簸带来新雨
雨后　是地面璀璨而空蒙的心绪
有些话留在空中
下辈子也不会有人知道

静止的飞行时间里
我们就一直那样
向宇宙深处漂泊
今生永不停息的
流浪一场

这一日，云疏天淡

这一日
站在玉龙身旁
沧雪不歌不唱
凉风吻过手掌
掌心　指尖
一丝丝　一丝丝遗忘

这一日
坐在泸沽身旁
柔波不默不扬
时光漫进眼眶
明眸　睫羽
一行行　一行行流淌

这一日
伏在布达拉身旁
流云不念不想
日光洒上脸庞
眉梢　唇角

一点点　一点点向往

这一日
从晨到夜
再由夜入晓
从幼到老
再由老向少
终是　看透了生死却辨不清人生

这一日
卧在天地身旁
唱梵语　聆钟磬　抚红尘
管他道阻道长　几多烦恼
或伏　或卧
或站　或坐
缠绵自以为凝望的相守
定格到头来无心的问候

一丝丝　一行行　一点点
云疏天淡　已然忘了

这一日　云疏天淡
这一日　故人安好

这一日
云疏天淡
故人可好

列车奇遇记·锁不住的时空

被睫毛上的日光叫醒，
用最细微的神经末梢捕捉列车喧腾的韵律。

见过摇曳的碎花裙角，
无数惺忪可笑的睡眼，
以及消耗品点滴汇聚的热闹和腐朽；
闻过午夜提神的速溶咖啡，
生命不过十分钟的各色泡面，
以及点燃寂寞空虚的烟酒掺半；
听过虫鸟误闯巨兽领地的兴奋合鸣，
人体血液循环流动的古老唱调，
以及天使降临前的细细振翅略过穹宇不曾逗留。
无数自己的或别人的亦真亦假的故事，
不论引人感慨欢喜还是嗤鼻一笑，
总归是要继续。

如果，
以相对论理解这段时空会不会好过一点，
即便我们的运行远远不及光速，

但因为节点被永久保存，
在不断的跨越中，
我们不知不觉获得千万分之一的生命续航。
霍金一心相信穿越的客观实在，
以一场无人的盛大宴会招待史外来客，
也许因为建筑道路高速变迁，
请柬终告无效。

那么，
究竟什么可以长存宇宙，
永不为岁月所伤？
关乎情感的抽象却有迹可循的事物，
总是比可以分析化学物理成分的物质保质期更悠久，
路每多走一步，
答案便越发轮廓峥嵘。

看得见看不见的，
闻得见闻不见的，
听得见听不见的，
歌舞升平终化虚无，
高谈阔论归于缄默沉寂，
年华兜转抵不过天光屡洒，
人来人往到头来后会无期。

你好，留不住的云云过客。
再见，锁不住的浩浩时空。

列车奇遇记 · 鲤

午夜是车厢最美的时候
似一尾华丽的鲤
酣然静止
又滑行向前
毫不费力
蓝紫色的灯影
一闪即过的星辉
万物鲜活
趁人不注意便开始窃窃私语

老路灯颤颤低头
不知是否早已心有所属
小人儿们拥挤在一起
重温很多往日难寻醒来便忘的梦
光怪陆离却深埋心底
你不禁诧异是何等因缘
让十九节车厢一同呼吸
一起摇曳奔向目的地

列车正指天飞驰
可惜那时我们正在梦里
天神从上空俯瞰下去
亦诧异
一道道光亮在苍茫暗影里彳亍挪行
穿山越岭而坚定不移
随机抽取孩子们的人生轨迹
将它们束在一块　多么有趣

孩子们因各自心愿不断往返
喧嚣耳畔那般调皮
车里清晨来的总要比外面早
好像原本就是两个世界
坚硬的铁皮将时空自由切割
彼此各是浑然一体

阳光鼎盛　摊开书
以为不辜负日影温柔
斜眼偷偷看他人忙碌
玻璃窗外飘过相仿也迥异的人间格局
几多故事如酒发酵为心停留
文字们手拉手离纸而去
房间与另一个房间隔空相向而遇
擦肩时暗自猜测各自方向
表情是不是一样

回首

白塑桌上只剩下一摞白纸　页码依稀
低头继续翻阅下去
内容算什么
贪恋的　从来只是新鲜欢快又注定发旧的悠闲时光

恍惚间
流淌过一世纪
我们在绿皮车里重遇
蒸汽和云彩交汇在天际
不远处招手着小小山洞
如同爱人深情的眸
灌木蓊郁河水依稀
遥望小镇烟火缭绕
我们欢歌齐舞共享美酒
我们纸牌满天对话风流

一旁　有流浪画家纵横描绘
吟游诗人敛神执笔
鼓手含笑重重击鼓　咚咚哒
尘埃跳跃
呐喊　尖叫　地板咚咚哒
男女老少只余心跳
我们无须向他人证明是否过得好
伟大而散漫的圣举
已经为我们指明出路

我们高高流落在山崖
我们也悠悠深潜在海底

小城人 Ⅰ

有四个来自不同小城的人
A 喜欢随着地铁摇摆
B 将镜子当作生活的方式
C 音乐是唯一情人
D 呢
是个以记录为生的家伙

A 说
地铁从脚下穿过
井盖在动　水泥地在动
人在动　杯子也在动
我不动　就跟不上世界了

B 说
镜子认真听我的每句话
揣摩我每一个不确切的表情
瞧
它又在看我

C 说
耳边吵吵嚷嚷
我听不见别人的话
目前为止
只有音乐是清澈的

D 说
我是个没有故事的人
总是活在你们的故事里
等一下　让我都记下来吧
——也许能有些启发
小城人们碰了杯
然后东南西北
各自散了

小城人 Ⅱ

不熟悉的站
四个人　一面缘

A 放下车钥匙　松开领结
为了跟上世界
我逐着分分秒秒
坐下来看场落日
已是刚毕业时的事
——奢侈的落日

B 将脸　藏在茶杯水汽后边
悉心经营的表情
总在镜子前溃败
原来
它并不能给出所有
我想要的答案

C 搓着冻僵的手
最近耳朵莫名疼痛

音符奇怪　跳脱掌控
许是
地下通道太冷
——冻伤了音乐

D把本子缓缓　合上
我以为的故事
永远是以为
我活着的世界
永远是世界
我试图拼凑的我
永远不是我

再见一面
陌生的站
东南西北
各自　散

03

停在叶片上的半个灵魂

醒后　我是落满掌心的月光

梦中　我是默立松下的行者

星子走了很多年

散落在山脉的星子
也散落在凌晨柔软的湖面
散落在蓝紫色夜幕上的星子
也散落在偷偷凝视你的落地窗前
散落在微风和阳光背后的星子
也散落在多年前我帽檐遮挡的视线

散落的星子们
每一颗都走了很远很远
和上一场记忆中的初雪天
隔了许多年

平　庸

将平庸的日子梦成庄周的蝶
飞出一片混沌
离离的原上草枯败进
平庸者的杯盏
一半作春泥
一半躲进过客指尖的酒香里

最后的佛头

山脚白色的村庄变幻光影
似乎从来不曾对人世感到困窘和忧虑
野鸭和黑颈鹤相依　不断观望彼岸
待坠落的石子
击中某个智慧的生灵

绛红色的僧衣拂过涟漪
冥想的野马横渡公路
鸣笛是俗世难解的烦恼
蓝色的花瓣抖下一滴露水
不知告别的竟是一心祈祷的因缘

层层叠叠的红黄泥沙
连绵六万年前的神秘汪洋
拾起古格王朝后裔遗留的掌纹
抚摩悬崖上　早已褪色的幡
连通山顶的神秘隧道　拾级而上
花儿　同河道一起枯萎
传奇拒绝透露任何细节
最后一位国王　在历史里逐渐衰老

先遣的英灵仍未归家
夜间有歌声在繁华到不了的街末回响
半个世纪前的冻骨终究没有被拥抱暖热
拉紧窗帘　不忍与长久的孤寂对视
远灯轻易穿透了短暂的小镇
谁家婴儿深夜轻轻呓语
老人闻声　低声唏嘘

又是一个隧道
刚刚建成
羊群从黑暗中涌出
痒痒的鼻尖让人怀疑这根本是梦境
剔透的湖水　漫过庄稼和市集
漫过颓圮的庙宇与摧折的屋脊
人们小心护住最后一颗完好的佛头
不再回头张望
消失在雪山尽头

看戏的人与太史公

松树下谈笑风生
是看戏的人
摇曳着的，模模糊糊的影子
黏住彼此脆弱的魂
赴约的一路已然是一出剧
如同曾经，划动小舟去张望
烙在谁童年中的社戏

发光的衣袂截住黄河的滚滚波涛
雪从蒹葭开始，一直下到屈原和项羽
痛饮了太史公的一壶浊酒
蒙上薄被，忍不住在窑洞的案前瑟瑟发抖
血液由西向东流，深吸了一口秭归的青竹
静静舔舐结冰的墨
不可折，敛袖，破损的狼毫

理应爱上，为人的每个模样
给所有艰难飘荡在历史中的孩子以赞许
当明白苟且的完成是人性孤独的殉道

匍匐是一身傲骨最挺拔的姿态

末班车停在红尘的路口
观众踩着票贩的足迹乘兴归去
英雄啊，从此住在了某个人心里

擦肩数次
我们还是互不相知
会再有下次吗，任何时候，都好
你还能笑笑，坐到我隔壁

有一棵树是我种下

天边初升一缕朝霞
身旁两座佛塔
总是寻不到那扇空门
不敢看，树上那只雀鸟的眼
便绞着手指
心虚的，顾左右言他

殿前的猫把我瞥了又瞥
湿漉漉的眼睛像一段段星光
看穿了我层叠的心事
依稀见过这眼神
连忙用经筒遮住自己
依稀到过此间，在云云之前

有一棵树是我种下，我记得
可如今，它们看上去一模一样呀
有什么印记吗，有吗？我确是忘记了
远天边还有一丝晚霞，染了案上的明灯
疲惫地靠在树下

门后的绿度母还是俏皮地笑着
我生了怨气，如果你是慈悲幻化
怎忍心让我小丑般兜转
天快黑都回不了家

我恨恨揪下一片叶子
好像心突然抽痛了一下
我凝眉望你，你还是笑，也不言语
笑什么？笑我的愚钝吗

重逢旧南阁子

初读项脊轩时
眼前遇见突如其来的大雨
如今忧思依旧亭亭如盖的又何止震川一人

我一刻，希望自己是引你发笑的婢女寒花
在你偷吃荸荠时得意抢下
奈何红颜易逝
你只好十年后为我写下葬志
我一刻，希望自己是同你相得无间的魏孺人
陪伴你三餐给你指好笑的事
可惜无缘事夫周全香魂先杳
我一刻，希望自己是前来拜会的弟子达旦叩问谈经论道
傲然向他人介绍吾师
却只得见哀痛深沉的背影不得并肩而行
我一刻，希望自己是治田有方护你专心讲学的王氏
永不怨念仕途多舛造化弄人
怎知福薄终是不待

我思念那半墙明月翠鸟杂植

我思念东犬西吠而非人去留空室
我思你坐在窗下辨识窗外的脚步
我思你亲手栽种枇杷而非缠绵病榻
我思那年我青衫打马无忧无虑经过你的一生
我思无端端的泪和愁将一个女子的心骤然戳穿
我思乍见人间难言的跌宕压缩进短小时空
我思所有惊涛骇浪和归于平寂世俗那般近又那般遥远
我思相隔着漫长世纪仍动人的字字句句
我思我是否曾经有幸遇见有幸参与
我思和我似无关似有关的所有故事

汉时花

轻轻吹起飞檐上的落雪
倚在尚未尽的花间
在汉时垒筑的城墙下，不忍
再见一次无名马蹄的折损
旁观籍籍王朝的陨败

许久　许久以前的细语
一遍遍从绵延的石壁里走出
飞沙里隐约是摇曳的蓝眼睛
仍可清晰听闻去病的怒喝
磊落许了盛世最饱满的面孔
自尊是将领虽远必诛的埋骨版图

一颗名为汉字的种子被投入一口深井
长长的队伍投映着执着的影
影们步法一致谦恭有礼
春秋过去，有经书结在树上
有时会砸到某个帝王

却也无法阻止绿林里偷偷变换一个
不新不旧的时代

是星辰也点缀不了的灰白

思想枯朽得践入尘埃
剩一束光　是星辰也点缀不了的灰白
在天的石阶上磕破额头
仍无法扶起　得不到宽恕的膝盖
也该平复了　呜咽长嘶的谴责
也该沉默了　不死不休的苦难
原来　是匍匐的人间

行　禅

心声　源自对自然的发想
我从率真的泥土里拔节生长
忘记缘起缘去
只懂得去感受当下的虫鸣

归于　全然的寂静
在宝殿的石缝中
侧卧乘凉

我从渐起的山岚里升起
以最放松的身体不言不语
沐浴阳光的石壁　在沉浮里轻盈至极
脚步　游曳着淋漓的墨迹
书写心性亘古的威仪

我是一盏上师指间的清茶
我是孕育古木参天的雨水
我是行过银杏树海的扁舟
我是停在菩提旁的无名鸟

暮色在庙宇的鼓声里回荡
传递的烛光中听闻一声声佛号
点亮　恩被苍生的福泽

醒后　我是落满掌心的月光
梦中　我是默立松下的行者

爬满忧愁的城市

这个城市爬满忧愁
依山而建，背面山岚
却避不开拥挤的呼吸与前景
错过的歌谣交织着缭乱的电线
偶尔几棵
无精打采的行道树，守卫着
废弃已久的旅馆
磕头机磕欲望的长头
山口的疾风漫不经心地掀翻
经过的火车
和祈求庇护的人们

一辆货车从流浪狗身上碾过
周围矗立空洞的眼睛
或曾哀伤
爬升的山岚，爬升的忧愁
另一只哭泣的流浪狗不愿离开
永远冰冷的玩伴

从早餐开始忧愁这个爬满忧愁的城市
从早餐忧愁到下一个早餐
因为　我刚刚从一个忧愁的城市逃过来
它们一样忧愁，滨海或边陲
我还将继续逃往下一个
爬满忧愁的城市

孩子的时代

地球是死掉的太阳，
孤独的孩子只能抱团取暖，
他们在漆黑的路口告别，
又在彼此绝望的时刻重逢，
将无所适从的世界轻轻拿起，
交给对方用心安放。
每个人所处的时代，
都是属于彼此的最好的时代。

云的原谅

用心切割和食用每处风景
穿行暴雨之后阳光洒下的麦田
和充满鱼腥味道的市场　同样
不被人们知晓
触摸天际被镀亮的云
许多孩子低下头，似乎
以一种忏悔的姿态
在对这个世界说抱歉
抱歉对自己的世界一无所知
抱歉对自己的城市一无所知
抱歉对自己一无所知
那云　不知何时散去
让酸涩的心
得以重新畅快呼吸

青　蛇

一生一世的承诺总是梦醒则悲
冷却的血奢求着
爱随亿万斯年　恨至万劫不复
执着的情欲遮掩无底的空洞
那一场雨　不知　谁又是谁的定业
寒灯点点　哪里有真正的神仙境界

我执　法执　无暇怎得究竟涅槃
她哭　她笑　世间未有双全之法

轮回里常有好梦作开端
相遇后必有缱绻似虚幻
历史里的爱恨不仅属于历史
传说里的痴缠不仅属于传说
西湖的烟波
氤氲着废墟下的佛髻舍利
是千千万朵花里捻住那冥冥一朵
是求自己离苦得乐

还是为苍生求得解脱
是为情欲喁喁相盼
还是化过客无心彼岸

摇篮与棺椁

每个人都走在清晨
当然，他们也会走在回家的路上
也许是周末
周末的夜晚，夜晚，如此安宁

总会将几行残句
留在角落里
写给企图不朽的自己

不再歌颂天空，也任由海洋
放开窄小的夜色
在油污的沟渠里怅然呼吸
祝福变得羸弱，哼唱着
左手刚刚编织甜蜜的摇篮
右手边早先备好的棺椁已派上用场

海龟先生

海洋馆里的水池
温度适宜盐分适中
十条小鲨鱼远远地观望人类
总有人主动触碰头破血流

两位海龟先生不远不近地尾随
不是咬两下脚蹼就是盯着你看
逼仄的水池让人心生厌烦
人们上岸后海龟先生们继续绕着相似的圈
同伴说它们有抑郁症
上次来险些将她的手指咬断

撕扯桌布的孩子

落尽叶子的树像是淡灰色的雾霭
从热烈的枫树之间升腾而起
飘飘渺渺　不似人间
每一次出发都是一场梦
每次告别都怅然若失
如同孩童竭力撕扯桌布
徒劳无功　一切尽碎

冷　星

人是一颗冰冷的星
终究只能同自己对话
耳朵里灌满愿望
独自旋转　碰撞　消亡
曾对温柔抱有幻想
可再璀璨的银河
置身亿万年
也会不见光亮
究竟的寂寞是肖似的昨天
苦等的经过遥遥无期
未来在时间的洪流里
深不见底

驯服寂寞

有人说忘记了
有人说一直记得
有人围坐篝火放声大笑
有人望着远方泪眼婆娑
驯服了寂寞
才能拥有真正的温柔

04

通向太阳的路上

安慰自己所有遗憾都已经弥补
如同假装一簇火焰已重添了薪柴

苍穹深处

月光沉在苍穹深处
女子赤足　认真地仰头　嗅它的馨香
远方的竹林沐浴着光　竹叶闪烁着
她看着自己瓷器一般的手臂
感到神经兴奋而紧张
这一切看起来如此容易被毁坏
景物在昏暗的光线里匆忙经过
行人稀疏　如同一颗颗滚落的念珠
月光皎洁　化作了孤零零的一个人

莲叶下的风沉甸甸的
似乎能将它们托举起来整个掀翻
蓓蕾发出清脆的声响　深夜偷偷绽放开来

靴子里的光年

夜枭在笔筒树顶端歇脚
关于飞鱼的收成
同渔夫梦中谈了许久

银河的尘埃被飞机拨散
碎了汪洋星盘
小舟交颈，依偎在团团光蕊里
睡去，果子狸的歌徘徊无期

洒落灯塔与笔直的海岸
抚摸过礁石似悲似喜
你看着摩羯跳跃的心脏，小声询问
光年到底有多长
可否，用老去来交换距离？

是了，一双金色的靴悄然
踩断了林投果的香气

通向太阳的路上

神气的孩子们朝前走
似乎永远不会长大
似乎每天都在长大
走向自己　走向外面的世界
走向生命最初的馈赠
走久了
陌生变成熟悉　从容代替惊奇
走在通向太阳的路上
走在花香和呼吸里
与一颗又一棵树相逢
与一株又一株花告别
步伐时轻时重
却是越走越光明　越走越欢喜
越走越丰盈　越走越快意

太子湾的婚礼

暮下　旋着初冬的风车
少女双颊染火
眸　是迢迢星河
郁金香次第盛开
当红妆千里
即日　嫁你

晨露里的太子湾
太子湾里的　熠熠婚礼

枫叶红了又落
新人挽手　对对成说
残雪融进夕阳
瀑布亲吻柔波

花香里的太子湾
太子湾里的　悠悠婚礼

推开藤萝　眺越楼阁

苏堤水汽漫没
来路击节作歌

乐声里的太子湾
太子湾里的　泠泠婚礼

松尖晨露滴落
三刻钟过
诗人纸笔轻合
双颊染火

墨迹里的太子湾
太子湾里的　梦中婚礼

记一个岸

当老去　到即将的终点
趁着还能移动
便带上满满一瓶氧气
瞒着所有人，偷偷，去深潜

船停在最蓝最蓝的地方　要足够遥远
回一次头，就一次，望最爱最爱的岸
肌肤告别防寒衣
选那袭　常常梦见的长裙
——年轻时不舍穿的那袭
奔赴这宁静的晚礼

眼看着阳光剔透一半海域
认真咀嚼口中　又甜又涩的气息
寒暖流在足尖处拥吻
歆羡地看着
后来　有鱼经过
轻轻亲了我的额
隐约看见

一艘船静静漂荡在最蓝最蓝的地方
待它新的主人
我和一只海兔枕着大大的贝壳
悠悠睡去
最爱最爱的那个岸
再醒来　不知道还能不能记起

晚风变暖的季节

城墙下不语的小路
悠然是少女刚刚描画好的春山
将钟声留在来时的方向
不再有被提醒的虚度的光阴
爱极晚风变暖的季节
连同心脏和血液一起回暖
将用力呼吸每一口空气
回顾人间所有不常有的童话
忘记天与地注定的分离
全然相信当下的所有选择　都是最好的选择

愿以一切安好交换这片刻
无须轻轻发抖的季节
于是　有了今夜的
变暖的晚风

建房子

傍晚 收好别人丢掉的几块木料
我去城市外的山脚下捡了些砖瓦
走在外婆和外公离开前踏平的小径上
前面依稀　是父母并肩的背影

我没有图纸没有锯刀　除了双手
周围空荡荡的　没有一个能用的工具
也没有一个停下脚步看过来的人
但我要建房子

建一座大的　能遮风挡雨的
容得下迷路的梦和叹息的房子
我要建房子　在这神建的房子里
建自己的房子

曾以为黎明无法到来

在青青的农场里，
把春天轻轻放在心上。

如果　此后有了不绝的思念，
定是　在日光穿过枝叶
云层没过山峦那一刻
便已经开始。
星河落落，
衬着提琴的《钟》
把岁月从容切割。
远山里明灭着车的灯火
在深夜里萤般忽闪
目送几欲不见的那点亮
紧了紧单薄的肩。

终于，
一束光从奇莱山间走出来
是曾以为永远无法到来的黎明。

阳台上有一张模糊的脸，
被热闹冲散。
再被寂寞拼凑完全。

盛夏有何意

镜头倒映着并立的塔顶
小小的我

在露珠坠落的顷刻
以掌心，将任性的太阳举托
笑靥揉碎作落落光影　略过

膝盖抵着尚含月色的理石
古老泥土里生长出曾经一株芬芳的许诺
记忆中怏怏的藤蔓
垂下足尖处胆怯般不定的绿色

盛夏　有何意
石碑　有何意
蝉声　有何意
诗文　有何意
我　又有何意

九月胶片

胶片里的颗粒轻声慢语
初秋的温度从此封存
天台吹过一阵风
抖落了点点星辰
神明挽起衣袖
羞赧地降临凡尘
所有惊涛一时沉寂
猎猎的风帆卧在岸边
仰面对着日光
心心念　望尽群山

雨中的蚯蚓

雨天　醒来　路中央
往来是匆匆的践踏　习以为常
苦盼　经过好心人度它到彼岸
从此需欠下一个因果

想把暗的天钻出一个洞　去光那边
等站进去便没了影子
终究还是要回到暗里去？

把心底飘落的音刻在叶片上
叶片一夜腐朽　归了泥
吻着仅剩的残骸　突然忘记了说过的话
往后　也不想再说话

中　医

痰湿体质，伴着旺盛的食欲和消化不良
一路积攒的症结，在行李中
妥善背好，在无数自欺中终于识别了真相
不出走，哪会预料到人间会有如此多
破碎与重建，颠沛与流离
老中医开出了试探的方子
我知道这必然治不好我的，与其落一身毒
当自己翻遍医书，去更远处采摘药材
挤几滴心尖血，对着莽莽高原
呼疾风，熬浓喝下

灯火孤独

深夜屋檐的雪被风吹起
我猜测自己要做一场
很长很长的梦

梦里　我不再偷穿妈妈的衣裙
头颅高昂　有一副
儿时理想的模样
我遇见了爱的人
又不得不分离
我彷徨四顾
世界轮廓峥嵘

尖叫着醒来　万幸
眼前还是一双小手
我开始担心未完成的试卷
也有些担心窗外
担心窗外的万家灯火
每一盏都孤独

局　外

晴朗时不便出行
非得云聚起来
才知早应出发

平坦时常困原地
非得起伏跌宕
才明将去方向

幸福时难以品味
非得抽离出来
才解个中滋味

鸟雀独行

倒放的风景提醒岁月终是过客
拥有的时间似乎愈发漫长
奄奄一息的阴霾中两笔绿色
停滞的时空　阻隔了翘首以盼的
爱的万水千山
将苦涩和无望独自吞咽
守着黎明　在喧嚣里安静生长
太多邂逅与遇见的意义
最后只是被记忆存放
沙哑的鸟雀　唱给自己听

不见少年

深夜与心情一同清澈
结束的　和少年重逢的一课
在落叶时开始回放
还有那些亏欠和想念
浓稠不化

为了以合适的姿态去墓前
准备了最爱的花束和点心
也许　还有一件暖烘烘的毛毯
极柔软的绒毛　以防有太多话需要倾谈

安慰自己所有遗憾都已经弥补
如同假装一簇火焰已重添了薪柴
回到家时只盼有灯未熄
仍有爱　迎在门前

深　秋

你从明黄色墙壁里缓步而来
端坐在木桌子对面　许久不离开
我注视你的灵魂
见了荒芜
见了逃离的万物
见了你　又不见你
记起所有　又遗忘所有
陷落目光的泥沼　在炙热里
饱尝煎熬
眼底泛泛水光　是拖曳的绳索
为这　愿等上无数个深秋

黎明的离别

女孩们的纱帐和白鞋子
被一一安放妥当，还有在春日，共读的诗经
爱过的男子被轻轻夹在旧书里，等待他年重阅
玉兰树下　心也重了
黎明即至的离别
——曾以为不会到来的离别

多么不愿从此走散
不愿让星月落下
多么不愿见萧索背影
不愿让太阳照常升起
黎明即至的离别
——曾以为不会到来的离别

脚步声　行李摩擦声　叹息声
此外无人言语
零时　刀刃锈钝
缓慢地收割着黎明即至的离别
——曾以为不会到来的离别

方　寸

数度回到婴孩角色
在摇摆的小路上　扁舟上　吊桥上
在晦暗不明的昼夜交替之间
从容自若　翻身时
则小心翼翼
怕惊动　历史兀自酣然的美梦

将所有不解　归咎自己的蒙昧
甘愿相信他人愿意投注目光里携带的深情
月色在幻想中　始终柔美恬淡
锋利的刀尖永远沉睡在深渊之下

数度回到婴孩的角色
深爱涂抹黎明之后的颜色
在无知破碎　封闭　损害　失去
种种之前
咿呀哼唱　哼唱不曾公之于世的曲调
后来偶尔梦回　依稀可闻

未明的勇气可以轻松抵御翻覆的时间
似乎浅水中曳着剔透长尾的鱼儿
哪管夕阳几度王朝更迭
只道春风冬雪月下花前
天地方寸里　一粟沧海

05

背脊里有一棵胡杨

再次上路　我只带一身尘埃
蹦跳着　蹦跳着　把它们全部抖落
不知道是不是
还能抖出　一个晶莹剔透的孩子

西风将老马吹瘦了

西风将老马吹瘦了
风里　听寂寞来歌
灵魂在世俗的声音里是高大的
运转着这台精密嘈杂的机器
灵魂在阖目的寂静里是卑微的
臣服于被吹皱的春水和草木的枯败葳蕤
被自然统摄不可捉摸
西风呼啸　吹瘦了往昔的姹紫嫣红
所有源自天地间的呼唤
都是唤一声少一声
带着爱意的呼唤更是如此
声声最珍贵　声声是道别

凌晨的雨

乍醒在凌晨四点
面对时间给出如此可怕的结论
再难睡去

直到太阳出来
光明缓缓覆盖这座与自己无关的城市
并不悲观　却在此刻望见了自己难平的一生
早晚被亲手推开的幸福
接受　也便释然

雨季刚过
雨季又到了
雨落下
打在虚妄而残忍的碑言上

不必属于我

我爱过太多事物
所有美丽的
一切甜蜜的
我都喜欢　无法拒绝的喜欢
而这些喜欢　也不过是多看了几眼

我知道它们都不会属于我
也不必属于
是耳畔呼呼作响的风
终究会散去
甚至它们宇宙恒长
我悄然地　散去

黑暗谋杀了孤独

黑暗是久久不愿离去的涉嫌人
黑暗　谋杀了孤独

一路落败枯花的节点　曾在
谁怀里留下了绵绵细雨
苦涩被他家炊烟温暖劫掠
从此　是陷落的愁

氤氲帐纱锁不住倾倒在明月里的韶华
把心推进冰封的湖泊
一夜夜冲刷　泪水化作又长又悲的列车
铸诗在命运的藩篱上
被摇荡不歇的钟摆送到一切尚未发生的地方
在阡与陌之间的航行
航行　向着日月流转轮回的引渡之光

你的面孔还是初见时远方的天色
然身影虚晃　梦里　仍追不可得

黑暗　谋杀了孤独
而我　在这浩大的世上又活过了一天
如此庆幸　我还活在世上

种子的午后

躺在长椅上
一颗种子从树顶落下来
枝叶的缝隙是粼粼的江河

枕在爱人臂弯
一颗种子虚心亲吻着岩石
蝉儿嘶哑的故事
是千万年时光无数次交织

用手指遮挡午后两点的日光
一颗种子用力拥抱住泥土
从林深处孩子们的笑声
忽近　忽远
是沙漠清晨悠悠飘来的驼铃

又一个　又一个午后
一颗种子从树顶落下来
又一个　又一个午后
一颗种子探出嫩绿的头

海之鲤

一尾鲤
被水流卷入陌生的海域
曳过梦里曾见的珊瑚
和斑驳的鱼群擦肩时　屏息
轻易便被一艘古时的沉船打动
在停摆的钟表里翩然来去
前方一条水流　透着亲切的气息
鲤回头看了看
别了　熟悉的海域

烧　纸

盛极而衰至陨落
元宝由金色褪成银色
旺盛火焰被归结为亲人的急切
再漏出中空的漆黑内核

星星闪烁在风将起的灰烬里
絮絮　思念之语

无涯路算不到来生的崎岖
用破晓把深夜追忆
乱世妄想永恒的太平
挽歌唱的只是昨日的楼宇

果　实

大雾预警　中度污染
无法很好地区分雾与霾
不知哪里是路
哪里又是真实的洁白
听见东边传来孩子的啼哭
爸爸　妈妈……爸爸　妈妈……
树上的一颗果子　“咚”一声掉落在地上

远处走来一队整齐的校服
在迷茫里参观理想的未来学府
口罩上面是天真的眼睛
连成一串蒙霜的葡萄
送他们来的　是革命诱人的果实
送他们回去的　是革命忧伤的果实

休克的苹果

在酒红色的苹果香气里休克
拚命呼吸，从此失去了最后的嗅觉
或许那是可以强烈到下一辈子的
像头昏脑涨的爱情
不曾会无疾而终
等吧，等冰雪经过了下一次寒冬
枝头总会清脆地跳下
类似味道的苹果
在蓝紫色的夜幕下
缓缓地，在空气里，骄傲绽放

小　岛

一座小岛
从睁开眼睛以来
除了天空
海洋和飞鸟
不曾见过　见过和它一样的小岛
但它始终觉得
大海上不会只有一座小岛
这样太孤单了　孤单得
像无边无际的海
所以不会只有一座吧
别的小岛　是什么样子呢？
别的小岛　美丽吗？富饶吗？
是一样的夕阳吗？一样的飞鸟吗？
还是一样寂寞的，寂寞地发呆

另一个小岛
在另一片海
也长长久久地等待　是这只飞鸟吗
有其他小岛见过吧

见过吧　见过吧
好想知道
自己不是唯一的岛

见过吗　见过吗
抓不住离去的飞鸟

下雨了

如果下雨，讲一个故事
好吗？一个小小的安静的故事
假如你经过，看见有人站在雨里
像被打湿的蒲公英
溅满了泥土，零落了骄傲
就请讲个故事吧，拜托，或者
学一声猫咪的叫声，喵，喵喵，就这样
这许会是最神奇的魔法
学一声猫咪的叫声，好吗？
让雨停下

尘　埃

入秋之际　我涂抹企图枯萎的身体
类似扶正一株被风压弯的芦苇
皮肤的纹理渐渐舒展　好像知道
自己必须接受滋养　否则　将衰败彻底
然后　一一拔出脚掌上那些旺盛的茧
扔掉最不舒服却最常穿的鞋
再次上路　我只带一身尘埃
蹦跳着　蹦跳着　把它们全部抖落
不知道是不是
还能抖出　一个晶莹剔透的孩子

等

站了一整夜　等月从乌云后走出来
走进脚丫踩过的泥坑里
把失眠的那杯清茶照亮
把梦里模糊的脸照亮
把将熄的烛火照亮
把江的对岸照亮
把镜后面照亮
把钟表照亮
把家照亮
走进暗里，再回去
站了一整夜　月要明晚才出来

背脊里有一棵胡杨

除了　放你独自航行　在这黑透的夜
像大漠零零的孤星
把背脊里那棵将枯的胡杨抽出来
护住魔鬼城起点处你脆弱的心脉
我一日日从睡梦中痛苦起身
挣扎咽下极地彻骨的冰雪
还能相信的美好
全装进了你笨重的行囊
在两只臭鞋旁
卑微的
一缕芬芳

莲花与白骨

一直想要追随的，结果摇摇欲坠
把脚跟磨破，一边坚定一边怀疑
我在最想见到平等的地方咽下叹息
把徘徊的希冀重新埋回土里
拨开婷婷莲花，惊见累累白骨
不知其中，是否有我的一具

愿挺拔到可以俯瞰大地，从贫瘠中
汲取花和果的所需
若有一场大火
将以守护的姿态，骄傲地死去

雾

原野在悍然地呼吸，我听见
一排树从远处的迷雾中生长出来
枝叶和盘纵的根须吱嘎作响
同时长出来的，还有几枚屋舍
小路蜿蜒着，离散又聚合
在白色渐浓的地方倏然消失
未知的湖上浮满绿藻，我们只是擦肩
彼此互不知名，不再是我能关心的问题
将带着无法启齿的秘密归去，寂寞地
高飞过一切阻挡在那里的起伏的山脉
进入那呼吸封闭的核心
孩童时错解的灾难让人拒绝了生长
温暖而蓬勃的野心，才是棋子始终企图挣脱的幻觉
借用近乎苍老的天真和泼辣逝去，在清醒中
慢慢衰竭，下一次，会天亮吧

纵使爱只是亿万次空掷

我常常等在那里，后来被烈日晒出一脸斑驳
像所有蜕皮的动物那样
努力让自己看起来崭新些
扭曲的痛只为听一次干脆的回响

我本冷漠，却天生爱演多情的戏码
善于把一切和盘献上
纵使爱只是亿万次空掷
最怕别人问我为何，为何？
理由是越够越远
回忆是越深越陷

心里住了秋
算不上寒冷，是恰好悲凉
墙皮连同刚蜿蜒出来的后悔一齐剥落
再看往日的灾难
不过　是一条扯烂的裙
几块甜到腻人的碎片

有些故事这一世讲不够

怜悯饥寒，
是坚硬泥土钝痛的磕碰
怜悯病痛，
是列车时急时缓周而复始的碾压
怜悯衰老，
是落叶之于苍穹缓慢而有序的凋零
怜悯死亡，
是微光用力照射过去永远无解的茫茫太空

也坦然饥寒，
幼芽在春光里总会坚持挣脱黑暗
也坦然病痛，
命运在某个转角注定了这枚妖冶的果
也坦然衰老，
纹路里的哭和笑都被妥当存进时空的银行
也坦然死亡，
有些故事这一世讲不够，
有些人这一生爱不完

灵　堂

墨汁淋漓的福字被扯下，皱着心疼
在角落里凋落了昔日
连同清出了一切生机与繁华
灵堂金碧辉煌，在草丛里吞吐不朽的光亮
挽联时而绿，守灵人泛着紫
凉凉的夜里常闻三两声叹息
悲恸抵抗着遗忘的时间
换来转念又想起

我打灵堂面前走过，依稀知道你的模样
伤感于无从伤感
害怕表情过于冷漠
你是我的邻居
隔了一墙的距离，我睡在你脚边
或者我们的书桌是对角线

后来听说你是好父亲　好丈夫
后来听说年纪轻轻
后来听说癌症无情

后来听说……

清晨的光再次唤醒灵堂的哀伤
总有人留在了某一天的日落
香烛都剩下短短一截
我从你的灵堂前经过，带着曾谋面
却不曾问暖嘘寒的遗憾
想象你的故事，和灰烬里的容颜

也许　这并没有什么可悲哀的
我躺在里面，只是早晚

06

我看流水都像你

爱是什么
是门前有满树开好的花
之后一个人在树下
也不会感到孤单

不舍离去的人间

透亮的月光
穿过竹的缝隙
沁了露的花草
眉开眼笑

点点光斑
是池里小鱼在青石板上曳尾嬉戏
留恋种种扶疏
在似是而非的幸福里怦然心动
欢喜盈怀
这一切　是最美的际遇
是让人不舍离去这人间的意义

高　架

一座尚未建成的高架
停靠在浑身光洁的岸边

浅灰的螃蟹经过
嘿！大家伙
你何时来
又准备何时离开

高架睁开年轻的眼
里面爬满疲惫

同学会和雪梨

中学时偏爱的她短发

檐下风铃声响起
她微笑进来　给我们
——这些老家伙，送上新摘的雪梨

我记得　她当初刘海分在左边
指尖兀自跳跃在琴声上
日光静静　滴落在唇旁

梨肉洒了细细的盐巴
她笑起来
细细的眼纹
恰如其分的甜和沙
她还是她
二十八年之后的聚会
我的视线终于不再游弋变化
以磊落将岁月报答

岁月　还我一盘　切好的雪梨
却不如当初
甜和沙

致弘一：西湖的烟雨自来去

断桥秋起
鸿雁叹归晚
楚天脉脉照空碧
烟雨升画舫

自来去

洞箫呜咽起
万古风月又绿
芒鞋问晨钟
六朝孤冢
蓬莱何故水中

西泠笙歌夜起
香车玉手拂油壁
月下翠屿
君望珠帘里
竹色幽奇

风过高峰呓语起
塔影动夕辉
夺越窑春水
犹盛九朝风露
往事历历

古调淡荡似絮弹起
无人案前挽红衣
须眉幕雨
烟柳残惨堆砌
晴光潋滟
心无忌

我看流水都像你

路过的　门前的
异乡的　故里的
我差不多
准备爱上每一条河

我试图去捕捉
倒影的异样
和里面的鱼儿讲好规则
若白鹭停留拜会
假装不曾见我
——这不是我要爱的那条河

我会仔细对比
水底的颜色
拾一块写满青荇的谜题
与履迹有关
答案是仍旧失望的纹理
——这也不是我要爱的那条河

我只想好好爱上一条河
确凿的那条
有呼吸的河
我看流水都像你
却不知　你是哪条河

我看流水都像你
却知道　这些河都错了

从此，把自己封存在时间的海底

悄悄　送上最后一次礼赞
最后一次。
过去的所有背影，都不及，此刻留得用心
恨不得发梢连同衣袂齐齐飞起
好遮掩住因伤痛而曲的背脊

轻轻　贴一下你的手背和面颊
最后一次。
曾有的温度，都不及，此刻皮肤上留下的灼痛
只怨不能用力攥住你的呼吸
把注定的天涯拉成承诺的距离

慢慢　睇一个似乎久别重逢的凝视
最后一次。
之前一切告别时的酸涩，
都不及，此刻鼻腔里喷薄将出的哭意
自行剥夺了那留恋又苦涩的回眸
用尽全力种初见的骄傲到你的脑海里

最后一次
从此，便不再参与你的生活
最后一次
从此，封存你在遥远的时间海底

最后一次，最后一次
从此，便不再参与你的生活
从此，把自己也封存在时间的海底

煮　面

面泡在了水中
只有等待这一味佐料
期待和蒸汽导了一出戏
然后指纹里留下焦油味道

突如其来的
摧毁，若有
若有失事　若有灰飞
一切陨落
依旧够不成那个头版的主角

他只是个煮面的小人物
演的不过是来来回回的戏
情节俗套，场景单一
没有彩排又有什么关系
谢幕离场，然后卸妆

什么是发生
假如没有遗忘

什么是存在
若是没有记起
他的脸
渐渐消失在
烟雾和蒸汽后面

头条上
他抱着成功式的臂膀
在溢出的面汤下轻蔑地笑

都煮好了

爱的软肋

穿越莽原
扯下疲惫的裙摆
匍匐在湿地，透过漆寂的夜
嘶哑着呼唤你
可　所有呼告都散在风里
眉目的月色太朦胧
未曾将你遗忘
却如何都想不起

死亡让爱有了软肋
别离让怨有了终点

软肋始于无从触碰
终点归于至死方休

床下的小人儿

又到深夜却不舍合眼
怕了这一日日的接连翻篇
想着白天画面反复辗转
辗转，突然听见
床下轻声叹

悄悄掀起床单
一个长相奇怪的小人儿
翻过厚厚的字典
立在拖鞋旁
叉着腰四处看

确定四下无人
开口唱起无声的歌
——太阳升起，总有新鲜
太阳落下，也需要美赞
无数味道，明天再尝吧
哪怕　只是辛酸

没等再听一次
眼前事物黑暗
睡得香甜

子时月色

月色行至子时愈发温柔
泥土破出春色
是记忆里黛色的眉
衬着那汪湖水迎风而皱

细柳和升腾的雾霭彼此抗拒
思念和未成行的诗句几番厮磨

呜咽声声扬起沙尘
蘸了不安分的墨
在喉咙里划下一连串
喑哑的诉说

云层涌动
月也贫瘠
风是刀砥铁板的刺耳
连上只好败退的欢愉

呼吸，是爱的另外一个名字

曾以为
爱情的一半是虚荣
爱是没有真假

曾以为
爱情是爱的理想化
理想到不会产生多余消耗
纯粹得不剩其他

曾以为
爱是碰触
爱是距离
爱从不欺瞒庸碌
爱也从不奔走疾呼

原来
虚荣需要源自真实的幸福
不问真假
是孤掷了岁月做赌注

原来
爱需要多余的消耗
纯粹本身
便是一场致命的燃烧

原来
爱不是距离
爱也不是碰触
爱　是某一刻
两个影子叠在一棵树下
爱　是拂去眼泪和风沙
还想再为那人讲一个笑话

墓碑上的夕颜花

在初见阳光的开始
就为注定的结尾落一滴泪

泪碎在脚印上
墓碑的棱角处便扭出一朵夕颜花
一个个脚印　和泪珠叠加
碑文就从灰蒙蒙的石头里透出来

一朵朵夕颜化成泥土
混一把沙
被一只温暖的手抚过
气息缓了缓　不再纷杂
我们欢呼起来
哼着童年熟悉的曲调
回了家

云来了去
太阳升起又落下

有些墓碑上空空荡荡
记忆中车水马龙
再醒来
是清冷的夜　漫长的冬

喜热闹的人
不甘地独自咀嚼往昔
伴着蚀骨的寂寥
终日暗暗祈祷

祈祷——
墓碑上头
轻轻扭出一朵夕颜花
谁的泪
能为他流下

别样心动

是雪么，映得夜脸颊透亮
可是今夜不曾下雪
舞台上童真的星芒和手影
装点进孩子的笑声里
稚嫩的陌生小手
拉住隔壁一同开怀的我
小小的头颅轻靠在肩膀旁
为这无由的信赖
感到安全与幸福
竟是一种别样的心动
忍不住歌颂，这晴朗少云的晚上

一本书

夜里图书馆深处
书架上面有轻轻啜泣
一本书情不自禁流下泪来
好久不曾有人
留恋她的背脊，把脸颊真诚地靠上去
或许她不再是一本好书，否则怎么会
落满了尘埃，蛀虫也越来越多地在周围窥视
到曾心念她的人那里去
那个人会把她抱在怀里，在融融的阳光下
对！离开这里！可
心念她的人
在哪里，她又怎么过去

造物忧伤

被雨淋湿的夜
是蒲公英做撑起的伞
夜莺乘着风
不会有事情让它们伤心吗？
造物主又何解物的忧伤
往事终于散落灰烬
在来路上，凝成无色的花朵

真相在斜阳里跳起舞来
我们选择蒙上双眼
笃信一缕将逝的余温
美丽的事物变化复杂
模糊了面目，这天地，
似乎都不再适合生存

我梦见老去

打破珍贵的罐子
拾起所有贴切的词汇
却形容不出心中爱意的千万分之一
总是　在拥挤的队伍里
垫脚张望
欲率先听见未到的夏语秋声
从此不再怕　将至的衰老
和必经的死亡

我梦见过老去
在深渊般的夜里独坐　惊惧
指尖拨开晨雾
忆起那时　日出前
酒窝里一颗　慢慢凝结的露

也逃避过枯寂——
四野呼啸的枯寂
年少时涉足无数虚妄的江河
双眼在春雨里模糊成翡翠颜色

依旧的歌声在往后依旧
遇见的风浪在今时
都不再是风浪

爱是很多很多一起

爱是什么
是共进晚餐
共进许多次晚餐
依旧期待下一次晚餐

爱是什么
是一起读喜欢的书
一起给心爱的植物浇水
是很多很多一起

爱是什么
是门前有满树开好的花
之后一个人在树下
也不会感到孤单

山丘那边

被偷走的夏天不曾有人归还
秋意渐浓　漫山林色缱绻
一帧帧潦草葱茏的岁月呀
化作枝丫上细小的冰柱
最远处的山丘上有模糊的黑点
那是往昔恋人的居所
泉水流淌至今　已淡了他的眸光